그런 날에 네가 있어서

그런 날에 네가 있어서

지은이 **최정현**
펴낸이 **최정심**
펴낸곳 **(주)GCC**

초판 1쇄 발행 **2019년 2월 20일**
초판 3쇄 발행 **2019년 3월 20일**

출판신고 제 406-2018-000082호
주소 10880 경기도 파주시 지목로 5
전화 (031) 8071-5700 팩스 (031) 8071-5200

ISBN 989-11-89432-92-8 03810

www.nexusbook.com

우리가 함께한 모든 날들

그런 날에 네가 있어서

글·그림 최정현 CJroblue

넥서스BOOKS

그림에
담고 싶은 이야기

처음
그림을 그리기 시작한 이유는 맞벌이로 바쁜
부모님의 빈자리를 채우기 위해서였어요.
그림을 그리는 시간에는 외로움을
잊을 수 있었거든요.

그러다 사람들이 공감할 수 있고 위로 받는
그림을 그리고 싶다는 생각이 들었을 때
내 이야기를 그림으로 그리기 시작했어요.
하루하루 웃고 우는 일상의 평범한 이야기를요.

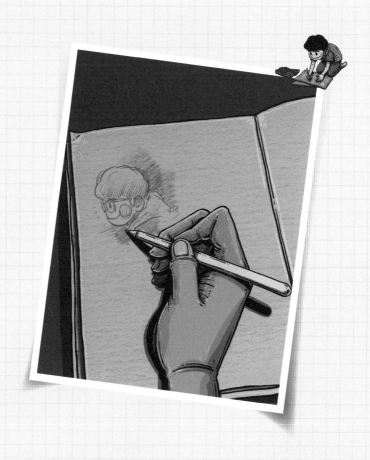

그중에서도 당신을 만나 함께하는 시간을 그린
그림은 단순한 사랑 이야기가 아닌
내 삶을 담은 이야기가 되었어요.

나는 오늘도 나의 일상을, 사랑하는 당신을 그려요.
내가 계속 그림을 그릴 수 있게 해 줘서 고마워요.

프롤로그

여기 서른네 살의 일러스트 작가가 있어요.

좋아하는 사람과 사랑하면서 예쁘게 잘 살고 있지만 슬픈 발라드 한 곡에 슬퍼하기도 해요. 지나가는 풍경, 사람, 동물, 좋아하는 것, 슬픈 것, 주변의 많은 것을 보고 무언가 생각날 때마다 그림과 글로 담아내요.

어디선가 들은 말에 따르면 살아간다는 건 마음을 비워 내는 과정이라고 하더라고요. 그림을 그리며 줄곧 '나도 많은 사람에게 내 이야기를 들려줘야지. 내가 그린 많은 그림과 내 이야기를 꼭 책으로 출간할 거야.'라고 다짐했어요. 그런데 저는 욕심이 많아 마음을 잘 비우지 못해서 오랜 시간을 돌고 돌아 이제야 여러분께 저라는 사람을 소개하게 되었네요.

독자 분들께 위로와 공감을 줄 수 있는 그림과 글을 준비하는 과정은 모든 신경을 곤두세우는 예민한 작업이었어요. 이 책을 읽는

분들이 제가 겪은 일에 공감을 하면 좋겠지만, 제 경험에서 얻은 위로를 섣부른 조언이라고 생각할 수도 있지 않을까 걱정스러웠거든요.

작업이 거의 끝나가는 지금, 완성된 제 그림을 보고 느끼고 내용을 판단하는 건 오롯이 독자 분들의 몫이라고 생각해요. 멀리 돌아 찾아온 소중한 기회를 걱정하며 보내기보단 첫 전시회를 했을 때처럼 기분 좋은 두근거림을 느끼며 여러분을 만나기로 했어요.

꼬인 이어폰 줄을 풀며 현관문을 나설 필요가 없어진, 다른 사람과 연결된 많은 선이 사라지는 세상에서 여러분과 저를 이어 주는 보이지 않는 감성이라는 끈은 계속 남아 있으면 좋겠어요. 친한 친구와 통화를 하며 종이 위에 의미 없이 반복해서 동그라미를 그릴 때의 편한 마음으로 제 이야기를 들어 주세요.

최정현

차례

PART 1
그 래 도
사랑하고 있습니다

PART 2

그 래 도

좋아하는 일이 있습니다

PART 3

그 래 도

소소하게 행복합니다

Part 1

그래도 사랑하고 있습니다

터덜터덜 집으로 돌아가는 길
고된 일에 지쳐 아무것도 생각하기 싫은 날
한 사람을 생각하면 기분이 좋아지곤 합니다

꽃을 든
남자

조금 이른 퇴근 시간,
지하철 시청역에서 꽃을 든 남자가 탔어요.

환절기 에어컨의 꿈꿈한 냄새만 나던
지하철 안이 어느새
향기로 가득 찼습니다.

사랑하는 사람과의 기념일인지,
오랫동안 담아 둔
마음을 전하러 가는 길인지 모를 남자는
긴장과 설렘을 가득 담은 표정으로
창밖을 바라봤어요.

지친 퇴근 시간
꽃향기 가득한 지하철.
사람들은 잠시나마 추억에 잠기고
사랑하는 사람을 생각하며
행복했어요.

아무 날도 아닌데 꽃을 사 버린 나는
이런 상상을 하며
애써 민망한 마음을 숨긴 채
당신을 만나러 갑니다.

온통
너야

정신없는 하루를 마무리하고
막차를 탔습니다.

이런저런 생각을 하며
창밖을 바라보던 중
당신이 좋아하는 노래가 나왔고

어느새 텅 빈 버스 안은
당신으로 가득하네요.

내
공간

내 공간이 좋아요.

작지만
많은 시행착오를 거쳐 만들어진 내 공간.

누군가에게 상처주거나
누군가로부터
상처받지 않을
가장 적당한 크기였죠.

당신이 내 공간을 궁금해하면서도
나를 끌어내거나
함부로 들어오려고 하지 않아서
고맙고 좋았어요.

이젠 자연스럽고 당연한 듯
내 공간에 녹아든 당신.

앞 으 로   조 금 씩   더
당신의 자리를
만들어 갈까 해요.

피자 배달 왔어요

다툰 날 아이같이 토라진 나에게
당신이 보낸 건 다정한 문자도,
귀여운 척 찍은 셀카도 아닌
피자 한 판.

입이 툭 튀어나온 불퉁한 표정으로
배달 온 피자를 받아 먹으며
투덜투덜 당신에게 메시지를 보내요.

치, 잘 먹을게. 사랑해.

유치하고 바보 같지만
우리만의 화해법이
늘 어 가 요.

신호가
바뀌는 시간

야근을 마친 당신을 데리러 간 날.
회사 앞 횡단보도에서 당신이 말했어요.

"오빠. 신호 바뀌면 깨워 줘."

어깨에 기대 잠든 당신을 안고
신호등을 바라봅니다.

오 늘 은
초록 불로 세 번 바뀌어도
아직 바뀌지 않은 걸로
하려고요.

파란 빛

기운이 없던 내게 당신은 말했어요.

"오빠! 오늘 밤에 꼭 갈 데가 있어!"

도착한 그곳에는
내가 좋아하는
파란 빛이 가득한 길이 뻗어 있었어요.

파란 빛 속에서
모든 고민은 사라지고
내 곁에
당신의 온기만 남았네요.

첫 만남

더위를 심하게 타는 나는
역 밖으로 나가지 못하고
멍하니 풍경을 바라보고 있었어요.

문득,
유난히 뜨거웠던
하루가 생각났어요.

우리의
첫 만남이 생각났어요.

약속을
지키러

유독 더웠던
그해 여름을 떠올리자
열심히 일하고 있을 당신이
너무 보고파졌어요.

그 여름에 다짐한,
지 키 지   못 한   많은 약속이
떠올랐거든요.

이제 그 약속을 지키러
앞이 보이지 않을 만큼 쨍쨍한
햇볕 속으로 달려 나가요.

돌고래
꿈

피곤한 모습을 감추려
밝은 척, 좋아하는 돌고래 이야기를 하다
잠든 당신에게 손 베개를 해 줬어요.

자면서도 웃는 걸 보니
꿈속에서도 돌고래를 만나나 봐요.

꿈속 돌고래가
당신의 피곤함을
덜어 주면 좋겠어요.

퇴근길
택시 안에서

늘은 밤,
집으로 가는 택시 안에서
당신이 말했어요.

내가 있어 버틴다고.

어느새 잠든 당신을 보면서
내가 할 수 있는 건

손을 조금 더
꼬옥 잡는 것뿐.

가슴에
품으면

내 품으로 들어와요.

비는 오고 우산 걱정하기 싫은 날.
움직이기 귀찮은 날엔
내게 말만 해요.

추위 걱정 없고
쌩쌩 달리는 자동차를
무서워하지 않아도 되는

내 품 으 로   와 요.

내가 만약 고래라면

끝을 알 수 없는
바닷속으로 가라앉다가
거대하고 든든한 존재가
뒤 에 서 소 리 없 이
보호해 주는 기분이 든다면
얼마나 좋을까요.

따뜻하고 커다란 지느러미로
나를 안고
밖으로 이끌어 주면
세상이 무척 감동적으로
다가올 것 같아요.

나는 당신에게
그런 존재가 될 수 있을까요?

우산을
그려요

너무 더웠던 날,

우산을 쓰면
내리지 않는 비가 내릴 것 같아서
우산 쓴 그림을 그렸어요.

오지 않는 당신의 연락을
기다리며

휴대폰을
꼭 안고 있을 때처럼 말이에요.

마음이 풀리는 온도

가끔 당신과 나 사이에
불편한 침묵이 길어질 때면
당신의 손을 다시 잡아요.

가슴에 가득 차 있던
무거운 마음이
마주 잡은 두 손의 온기에
사르르 녹아
새어 나오는 웃음과 함께
모두 사라져요.

언제나
봄

벗꽃이 다 떨어질까 걱정하며
활짝 핀 벗꽃을 즐기지 못하는 일은
참 바보 같아요.

이젠 매일, 순간순간을
즐길 거예요.

당신을 만나고 더 커져 버린
미래에 대한 불안은 미뤄 두고
우리가 함께할 순간들을
더 기억하려고요.

당신과 함께 꿈꾸고
당신을 바라보며
소박한 목표를 하나하나
이루어 가는 이 시간들은

언 제 나   봄 날   같 은
하 루 하 루예요.

사랑은
달걀처럼

폭염을 보도하는 뉴스에 달걀이 나왔어요.
도로 위에서 익어 가는 달걀을 보니
웃음이 나네요.

점점 익어 가는 그 모습이
발갛게 익어 가는 얼굴로
당신을 만나기 위해
버스 정류장에 서 있는
제 모습 같았거든요.

계절을
돌아

반대의 계절,
반대의 시간,
반대의 장소에 있었기에
당신을 만나기가 어려웠나 봐요.

당신을 처음 본 날,
마치 아득한 시공간을 넘어
운명의 상대를 만난 기분이었어요.

그토록 반대였던 우리가
몇 번이나 같은 계절을 보내고
서로에게 힘이 되는
존재가 되었네요.

사랑하는
사람

그렇게 잠이 많은데도
지각 한 번 하지 않는 성실한 당신은,
마음이 여려서 눈물이 많은 당신은,

몇 번의 위기에도
　　　　내 손을 놓지 않는,

넉넉하지 않은 그림쟁이의
여자 친구로 살아가는,
내가 엄청나게 좋아하고
　　　사　　랑　　하　　는.

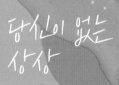

당신이 없는
상상

당신이 있는 그 자리에
당신이 없다고 상상해 봤어요.

그럴 때면 늘
후회스러워요.

마음과 다르게
왜 이리도 못 해 준 게 많은지.

당신이 없다고 생각하면
아직 당신에게 해 주고 싶은 게
너무 많아서
움츠러든 몸을
다시 일으키게 됩니다.

꿈보다
해몽

좋지 않은 꿈을 꿨을 때
당신은 유난히 여려 보여요.

당신이 나쁜 꿈 때문에 울거나
하루 종일 찝찝해할 때면
상상력을 발휘해
재밌는 이야기를 해 주곤 해요.

어떤 꿈이든
좋은 의미로 해석하는 내 이야기를
철석같이 믿고 금세 웃는 당신.

당신을 웃게 해 주겠다는
약속을 지키려
오늘도 이야기를 써 내려갑니다.

귀여운
거짓말

"너무 자주 봐도 좋지 않아.
그래서 난 승무원인 내 여자 친구 직업이 좋더라."라는
친구의 말에 당신은 남자들은 정말 저러냐고 물었어요.

"응. 나처럼 여자 친구 매일 만나러 가는 남자도 드물지."
허세를 가득 담아 말했지만 사실
우리에겐 비밀이 있어요.

여유 있는 척 말하지만
한 손으로는 핸드폰 움켜쥐고
여자 친구의 입국날만을 기다리는 그녀석에게도,
여유로운 척하지만
매일 여자 친구를 보기 위해
하지 않아도 될 일까지 미리 끝내 놓는 저에게도.

우리도 사랑하는 사람 앞에선
귀여운 거짓말을
할 때가 있답니다.

Part 2

그래도 좋아하는 일이 있습니다

좋아하는 일을 하고 있어요
마냥 쉽지는 않지만
내가 좋아하는 일을 할 때 가장 멋있다는
한 사람의 말을 들으면
지금 하고 있는 일이 더 좋아져요

나라는
사람

편의점 직원, 바리스타,
레스토랑 종업원, 주유소 직원,
빙수 가게 직원, 학원 강사,
자동차 공장 직원,
새벽 청소부, 일러스트 작가,
남자 친구, 오빠, 아들.

지금의 나를 있게 해 준
또 다른 나의 모습들.

덕분에
그림 한 장

날이 좋고 예쁘던 하루,
손님이 없던 어느 카페에서
당신을 기다리며 음악을 들었어요.

귓가에 흐르는 슬픈 이별 가사에
가만히 눈을 감았어요.

'이런 느낌을
그림으로 그려 내면 너무 좋겠다.'라고 생각할 때쯤.

왜 그리 울상이냐고 묻는
당신의 목소리에 고개를 들었어요.

당신을 기다린 덕분에
오늘도 그림 한 장을
완성할 수 있을 것 같아요.

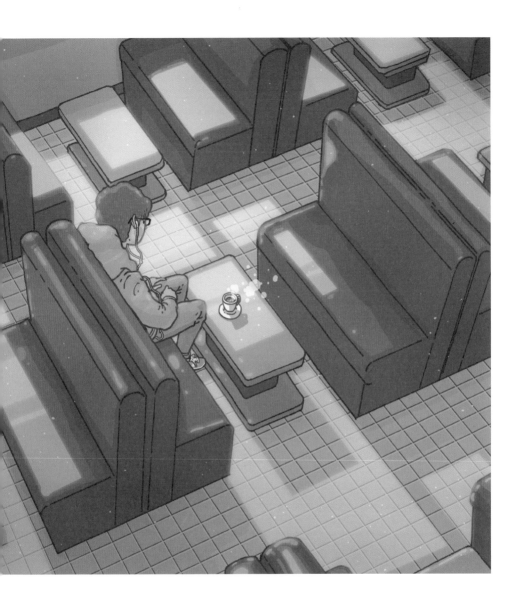

만나러 갈까?

큰일을 마치고 밖으로 나와
숨을 들이쉬는 순간 당신이 생각났어요.

해가 져도 뜨거운 한여름 밤,
그 온도에 우리가 함께한 시간이 떠오릅니다.

분명 오늘은 서로 일이 많아
아쉽지만 각자 힘내자고 했는데,
나도 모르게 당신에게
'만나러 갈까?'라는 메시지를 보내요.

꿈속의
들판에서

끝이 보이지 않는
들판 한가운데에 서 있는
꿈을 꾸곤 해요.

처음에는
어둠 속 막막함과 불안함에
하루 종일 기분이 좋지 않았어요.

하지만 이제는
불어오는 바람을 느끼며
멍하니 밤하늘의 구름을 구경해요.

여전히 어디로 가야 할지
확신은 없지만

이 들판에
내가 걷는 대로
내 길이 생겨날 테니까요.

새벽

밤과 아침의 경계가 찾아오면
물속에 잠겨요.
숨을 내뱉으면 나오는 물방울 수만큼
많은 상상을 해요.

배시시 웃음이 나오는 추억도
아팠던 기억도 모두 밀려드는 시간.
오늘은 또 어떤 감정을 그릴지 고민해요.

때로는 외롭기도 하지만

이 그림을 보고 공감할,
또 웃음 지을 누군가를 상상하며

이 시간을 즐겨요.

공항
데이트

열심히 일하느라 지친 하루.
'떠나 버려야지.'라는 생각을 해요.

그런 날이면 당신과 공항으로 가서
떠나는 사람들을 구경해요.

시원하게 떠나는 비행기에
모든 스트레스를 실어 보내고
언젠가 떠날 날을 상상하며

힘낼 수 있거든요.

홍콩
사랑 이야기

홍콩의 화려한 불빛 아래 숨겨진
소박한 모습을 좋아해요.

오래된 아파트,
오래된 골목,
그곳에 있는 사람들의 시간과 풍경을
정말 좋아해요.

모처럼 받은 휴가에
홍콩에 가자는 내 말을
당신이 들어줬던 건,
그런 나를 당신이 가장 잘
이해하고 있기 때문이겠죠.

내가 가장 사랑하는
감성을 함께해 줘서
고 마 워 요 .

우울할 땐
콘서트

우울할 땐 콘서트를 열어요.
신나는 로큰롤 음악을 켜고
칠 줄도 모르는 통기타를 부여잡고
신나게 립싱크를 해요.

침대에서 뛰어내리기도 하고
투명 관객에게
마이크를 건네면서요.

땀이 날 정도로 뛰고
조금 부끄러운 생각이 들 때쯤엔
기분이 많이
좋아져 있어요.

자격
조건

"프리랜서가 되려면
어떤 것을 준비해야 할까요?"라는 질문에

'언제나 버티는 힘'이라고
대답해요.

집세가 밀려도 버티기,
일이 없어도 버티기,
나보다 늦게 시작한 사람이
나를 앞질러도 버티기.
그림 그리는 일은
내가 정말 많이 사랑하니까
계속 버티기.

다만 내가 사랑하는 사람이
나 때문에 힘들다면
그때는 그만 버티기.

우리만의
봄날

매달 가장 뿌듯한 기분이 들 때는 역시
열심히 일한 작업비가
들어왔을 때예요.

그날만큼은
세상에서 가장 자신감 넘치고
멋진 남자 친구가 되는 나.

맛있는 걸 좋아하는 당신에게
다 사 줄 수 있는

우 리 만 의
봄 날 이 에 요.

낭만
복서

복싱을 해 보니
제 일상과
참 닮았다는 생각이 들었어요.

복서가
언제 올지 모르는
한 번의 기회를 잡으려고 아픔을 참듯

저도 주먹 꼭 쥔 채
기회를 엿보다가
멋진 한 방을 날리고 싶어요.

우유를
데우는 동안

전자레인지 안에서 새어나오는 노란 빛과
빙빙 돌아가는 새하얀 우유.

모든 고민은
하얀 액체에서 올라오는
따뜻한 김을 따라
증발해 버리고
마음이
차분해졌어요.

이 우유를 마시면
그동안의 불면이 싹 사라질 것 같아요.
오늘 하루 힘들었던 당신도

아무 고민 없이
잠들면 좋겠어요.

의사 선생님

저를 도와주는 의사 선생님이 많아요.

일에 치이고 스트레스에 짓눌려
깊은 동굴에서 나오지 못할 때 찾아와
내 마음에 약을 발라 주는 사람들.

" 그 냥   나 와 .
  바 람 이 나   쐬 고   들 어 가 . "

말 한마디로 모든 병을 낫게 해 주는
고맙고 소중한 사람들 덕분에

다시
일어날 힘을 얻습니다.

사랑해

평일, 주말, 아침, 밤
구분 없이 일하고
이리저리 사람에게 치이고.

피곤한 마음에 택시를 탈까 하다가도
비좁은 열차에 올라탄 사람들이

웃는 이유를
보 았 어 요.

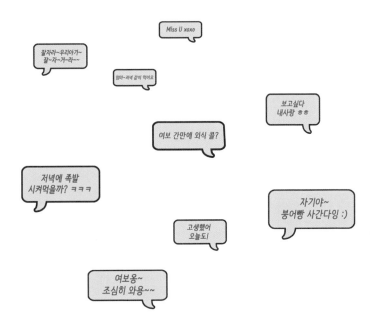

나를 믿는 누군가,
내가 사랑하는 누군가가 있다는 건
아무리 피곤해도
우리를 웃게 만드는
가장 큰 힘인가 봐요.

좁은 지하철 안이지만
치킨 한 마리,
문자 한 통에 스며든 행복.

세 마디 말에 다 담지 못하지만
정말 많이
사랑해요.

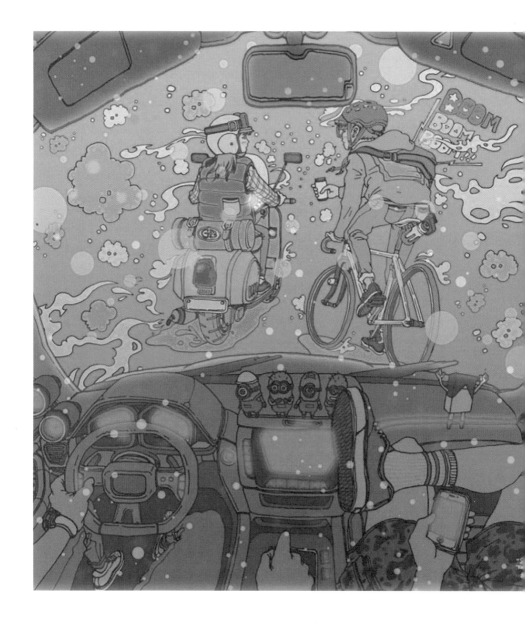

희망

자전거 페달을 열심히 밟다 보면
가끔은 편하게 차 안에 앉아
과거의 추억에 빠지고 싶을 때가 있어요.

그렇게 페달을 밟는 속도가 느려질 때쯤
다시 다리를 움직여요.

그때마다 바로 앞에서
희망이라는 눈부신 여인이
따라오라며 손짓하거든요.

그녀는 늘
나를 앞질러 가지만
희망이 있어서 오늘도 힘차게
페달을 밟아요.

냉장고
채우기

가슴이 답답해서 뭐라도 마실까
냉장고를 열었는데
텅   텅 비었네요.

아무렇지 않은 듯
따뜻한 색으로 빛나고 있지만
속은 텅 비어 있는 모습이
마치 내 마음 같아서
마트에서 양손 가득 장을 봐 옵니다.

냉장고에 물건 하나를 넣을 때마다
허했던 내 마음도 조금씩
차오르는 기분이 들어요.

하나씩 물건을 넣을 때마다
채워지는 냉장고처럼

내 마음도
얼른 채워지면 좋겠네요.

바보 같은 생각

열심히 잘하고 있는데도
우울해질 때가 있어요.

힘들다는 말도
정말 힘들어질까 봐,
부럽다는 말도
정말 부러워질까 봐

입을 꾹 닫고 하지 않았는데
어느 순간
세상 모든 게 힘들고
부러울 때가 있어요.

그래서
고마워요

마음이 힘든 그런 날이면
사진첩을 열어 봐요.

사진 속에 담긴 우리의 시간,
기뻤던 순간도,
힘들었던 순간도 떠올라
지금까지 잘 사랑한 우리가
기특해져요.

사진 속 당신의 모습을
따라 그리다 보면
힘들었던 마음은
눈 녹듯 사라지고
당신에 대한 그리움만 남습니다.

좋은 순간,
힘든 순간,
그 모든 순간에

내 옆에 있어 줘서
고 마 워 요.

가
방

가방을 하나 메고 있어요.

나에게 거는 기대와
나를 응원해 주는 사람들의 마음이
들어 있는 가방이에요.

소중한 가방이 다치지 않게
오늘도 천천히 한 걸음 내디뎌요.

어떤 날엔
멨는지 모를 정도로
가볍고

또 어떤 날엔
가만히 앉아 있다 뒤로 휙 넘어갈 만큼
무겁지만

이젠 적당히

쉬어 가는 법도 배우고 있네요.

버스
정류장

웃을 새도 없이
정신없이 살던 어느 날

밤늦게 일을 끝내고 주저앉은
정류장에서
당신에게 잘해 주지 못한
미안한 기억들이
떠올랐어요.

언제나 큰 소리로 밝게
인사하던,
계절의 변화에도 행복해하던,
허리를 펴라며 잔소리를 하던,
주저앉아 무릎을
감싸 안는 게 습관이던
수십 명의 당신을 만났어요.

당신이 보고 싶은 밤이네요.

파란색

파란색은
성공과 우울이라는
상반되는 의미를 가졌어요.

성공을 향해 열심히 살아가고,
하루하루의 우울을 그리는 제게
잘 어울리는 색이에요.

오늘도 열심히 파랑을 칠해요.

힘들어도 이루고 싶은
많은 것들을 위해서.

생각의 끝에는
당신이

운동을 시작했어요.
다이어트도 하고
멋있는 옷도 입고
무엇보다 밝은 생각을 해 보려고요.

이렇게 다짐했는데
비가 와서인지
우울한 생각이 들기 시작했습니다.

그러다 문득
다시 일어나 뛰었어요.

모든 걱정을 털어 주는 당신이
결승선에서 웃는,
기분 좋은
상상을 했거든요.

계절이
돌아오듯이

최근에
유난히 힘든 시간을 보냈어요.
그 시간이 영원히 끝날 것 같지 않았는데,

아침 공기의 향기가 바뀌고
바람이 시원해지는
계절이 돌아왔을 때
바람과 함께 힘든 시간들이
떠나가는 걸 느꼈어요.

모두 당신 덕분이에요.
계절이 바뀌어도
그 자리를, 그 시간을
변하지 않고 지켜 줘서요.

월요병

"프리랜서는 월요병이 없잖아?" 라는
친구의 말에 피식 웃으며 대답했습니다.

"우린 조금 다른 월요병이 있어.
금요일에도 작업비를 못 받고
주말을 오롯이 뜬 눈으로 보내.
돌아올 월요일에도
작업비가 입금되지 않을 것을 알지만

바보 같은 희망으로
기 다 리 는.
그래서 힘든 월요일이 있어."

여행
계획

일이 바빠
머리가 지끈대면
여행 계획을 짜요.

도피가 아니에요.
지쳐 방전되지 않으려는
고도의 전략이죠.

가벼운 옷차림, 맛있는 음식.
낯선 거리를 걷는 상상만으로도
벌써 여행을 떠난 기분.

다시 일을 시작할 즈음에는
기분 좋은 미소가 걸려 있어요.

충전
여행

일을 끝내고
마치 누가 목덜미를 잡을까
도망치는 사람마냥 비행기를 탔어요.

하 루 는
모든 것을 잊고 하염없이 걷고
하 루 는
읽고 싶던 책을 원 없이 읽어요.

마 지 막   날 엔
가벼워진 머리와 마음에
천천히 돌아가서 할 일을 담아요.

여행은 언제나
나를 충전하는 필수 과정이에요.

수호
천사

집에 가는 지하철 안,
스트레스로 아픈 머리를 기대고
잠이 들었어요.

짧은 꿈속에
저를 응원해 주는 많은 사람의 얼굴이 지나갔어요.
각자의 자리에서 나를 위해
기도해 주는 사람들.
꿈속의 전 사랑받는 기분을 느꼈어요.

눈을 떴을 때.

제 입가에는 미소가 걸려 있네요.

그림을 그리는
이유

좋은 글과 음악을 만드는 사람들이 좋아요.

책을 읽고 감동을 느낄 때.
지친 마음을 음악으로 위로받을 때
어떤 그림을 그릴지
떠오르거든요.

슬픈 글에 눈물 흘리고,
신나는 노래에 남 몰 래
　　　　　　발장단을 맞추듯
저도 사람들이 공감한
그런 작품을 그리고 싶어요.

노래 한 곡의
위로

때로는 비싸고 좋은 약보다
노래 한 곡이 마음을 낫게 합니다.

그림 그릴 준비를 하다
들려오는 노래 가사에
한동안
소리 내어 울었어요.

너무 익숙해져서 몰랐나 봐요.
내가 힘들다는 걸.

나도 모르게 맺힌
많은 응어리를 쏟아내서 그런지
조금, 마음이 후련해졌어요.

벌써 일 년

사람들의 들뜬 목소리가 들려오는 연말.

가만히 책상에 앉아
그동안 그린 그림들을 넘겨 봅니다.

그림 속 웃고 있는 수많은 나를 보며
'그래도 아픈 곳 없이 올 한 해도 잘 보냈구나.
열심히 그렸구나.'
뿌듯하게 한 해를 마무리해요.

내년에도

웃을 일로
가득한

한 해 보내길.

Part 3

그래도 소소하게 행복합니다

당신과 함께
어디선가 흘러나오는 노래를 흥얼거리고
지나가는 강아지에게 인사하고
커피 한 잔을 마실 때

소소한 행복은 언제나
당신과 함께할 때 더 잘 느껴지는 것 같아요

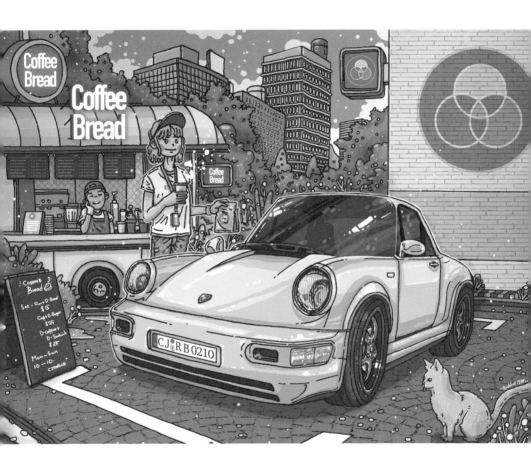

주말 아침의 상상

일요일 아침 늦게 눈을 뜨면
씻는 건 잠시 미뤄 두고
모자를 눌러 쓴 채
노란색 자동차에
시동을 걸어요.

노래가 흘러나오면
습관처럼 흥얼거리며
단골 베이글 가게에 들러요.

맛있는 양파 베이글과
따뜻한 커피를 사서
집으로 돌아오면

그보다 더 행복한
주말의 시작은 없으니까요.

매력이
보인다면

사람의 매력 지수가
눈에 보인다면 어떨까
상상한 적이 있어요.

배려심은 노란색,
착한 마음은 파란색,
할 말을 하는 솔직함은 빨간색.

색마다 각각의 향기도 있어서
그런 매력이 나올 때마다
예쁜 색과 향기로
기분이 좋아지는 상상을요.

어   쩌   면
당신의 모습을 볼 수 없을 수도 있겠어요.

너무 많은 매력에 파묻혀
당신이
보이지 않을 것
같거든요.

반숙 같은
남자

따끈한 쌀밥 위에 올라간
노오란 반숙 프라이.

노른자를 터뜨릴지 말지 고민하다가
생뚱맞게도
'반숙 같은 남자가 되어야지.'라고 생각했어요.

유난히 추웠던 날,
노른자가 유독
따뜻하고 부드러워 보였기 때문인지

당신을 감싸
얼었던 마음까지
녹 여 줄 수 있 는
그런 사람이 되면 좋겠다고 말이에요.

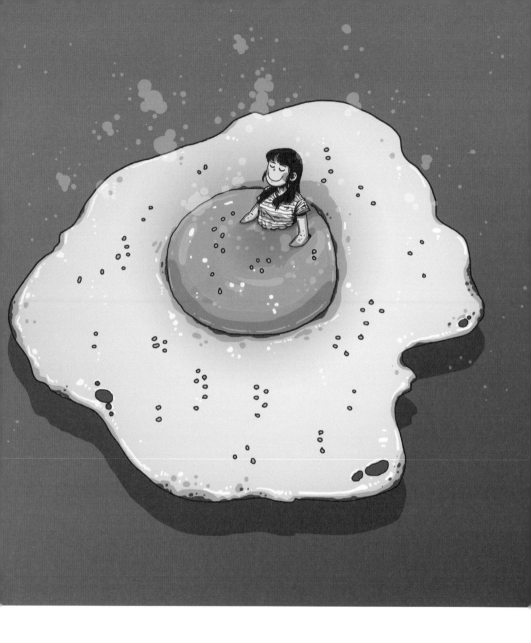

돌아가는 길

당신은
당신을 바래다주고 돌아가는
나를 걱정하곤 해요.

당신은 모를 거예요.

돌아가는 길
밝은 달이 떠 있는 하늘을 보며
내가 하는
수많은 다짐들을.

당신에게 해 주고픈 많은 것을.

그 짧은 여정은 늘 행복해요.
내겐 꼭 필요한 시간.

귀여운 당신

평소에 당신이 이야기하던
작은 물건을 사 주는 게 너무 좋아요.

뭘 사 줘도
엄마가 사 준 옷과 신발을
아무 불만 없이 입고 다니는 어린아이처럼
신나서 쫄래쫄래 입고 다니는
당신이 너무 귀여워서요.

아침엔 세상 심각하게
다이어트의 시작을 알리더니
저녁 즈음엔
왜 삼겹살 먹으러 안 가냐며
짜증 내는 것도 귀여워요.

이번 겨울도
귀여운 당신.

오늘 저녁은 삼 겹 살   먹 어 요.

물웅덩이가
반가운 날

숨 쉬기도 힘든 더위에
짜증이 머리끝까지 올라왔을 때
집 앞 슈퍼마켓 앞에 생긴
물웅덩이를 발견했어요.

파란 하늘이 망가지지 않게
살살
들어가서
물속 잔뜩 찡그린 얼굴을
살포시
펴 주었습니다.

당신 줄 아이스크림이나
사 가야겠어요.

이어폰

꼬인 이어폰 줄을 푸는 친구에게
"너는 블루투스 이어폰 안 사?" 하고 묻자
대답했어요.

사실 그게 편한지도 잘 모르겠고,
아직 이렇게

연결된
느낌이

더

좋더라고.

나눠 듣던 이어폰 한쪽에
아직 그 사람의 마음이
연결되어 있는 것 같다고 말이에요.

변하지 말았으면 하는 것이
또
하나

늘어가는 하루예요.

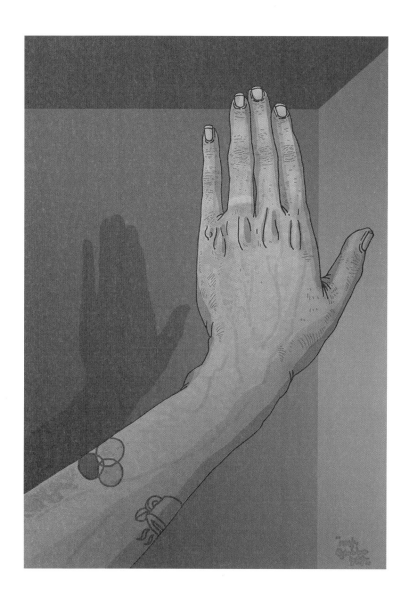

작은
빈자리의 크기

씻고 나와서
반지 뺀 손을 봤어요.,

습 관 처 럼
엄지손가락으로 빙글빙글 돌리던

얇은 반지를 하나 잠시 뺐을 뿐인데
많은 것이 사라진 기분이었어요.

이 작은 공간 안에
많은 믿음과 용기가 들어 있었구나.

어느샌가 내 손에 자리 잡은
작은 공간의 무게를 느끼며
영화 〈반지의 제왕〉 속 절대반지를 끼듯
비장한 표정으로
다시 반지를 꼈어요.

안경을
바꾼 날

안경 다리가 부러져서
안경을 바꾸러 간 날.

어쩐지 그날은
좋은 렌즈로 구입하고 싶었어요.

새 안경을 쓰고 나오는 길,
안 보이던 눈이 뜨인 것 같은
시원함을 느꼈습니다.

겨 울 의   한 가 운 데
하얗게 김 서렸던
앞이 밝아지는 기분.

이젠
뿌옇게 앞이 보이지 않는 날보다
오늘처럼
선명한 날만 가득하길.

다리를
건너다가

두툼한 옷들로 가득 차 비좁은
지하철 의자에 앉았어요.

따뜻한 기분에 점점
졸음이 쏟아져 꾸벅이다
내릴 역을 확인하려 고개를 들었을 때
창밖을 보는
해맑은 표정의
당 신 이 보였어요.

지하철을 타고
한강 다리를 건널 때가
가장 좋다던 당신.

일상 속 행복을 그릴 거라
습관처럼 말하던 나는

당신과
당신의 소박한 행복을
그릴 준비를 합니다.

진짜
행복

"매일 커피 한 잔 마실 수 있으면
행복한 삶이라 생각해."
입버릇처럼 말했어요.

매일 바라보는 아침 햇살을
오늘도 바라볼 수 있다는 것,

해야 할 일은 잠시 잊고
아직 덜 깬 머리를 깨운다는 핑계로
침대에 기대
커피 한 잔을 마시는 것.

그런 게
진짜 행복 아니겠어요?

이야기의 끝

"오빠 나 살쪘지?"라는 질문에
특별한 대답 대신

그저 내 체중계 사진을 보내며
"우리 둘다 너무 넓어졌어. 자중해야 해."
라는 말을 덧붙입니다.

올해는
같이 경락 마사지 받으러 가자.
눈썹 문신을 하러 가자.

다이어리에는 월급날마다 동그라미 치며
온갖 계획을 세웠던 것 같은데

막상 만나면
이야기의 끝은
언제나
성 수 동   맛 집   검색.

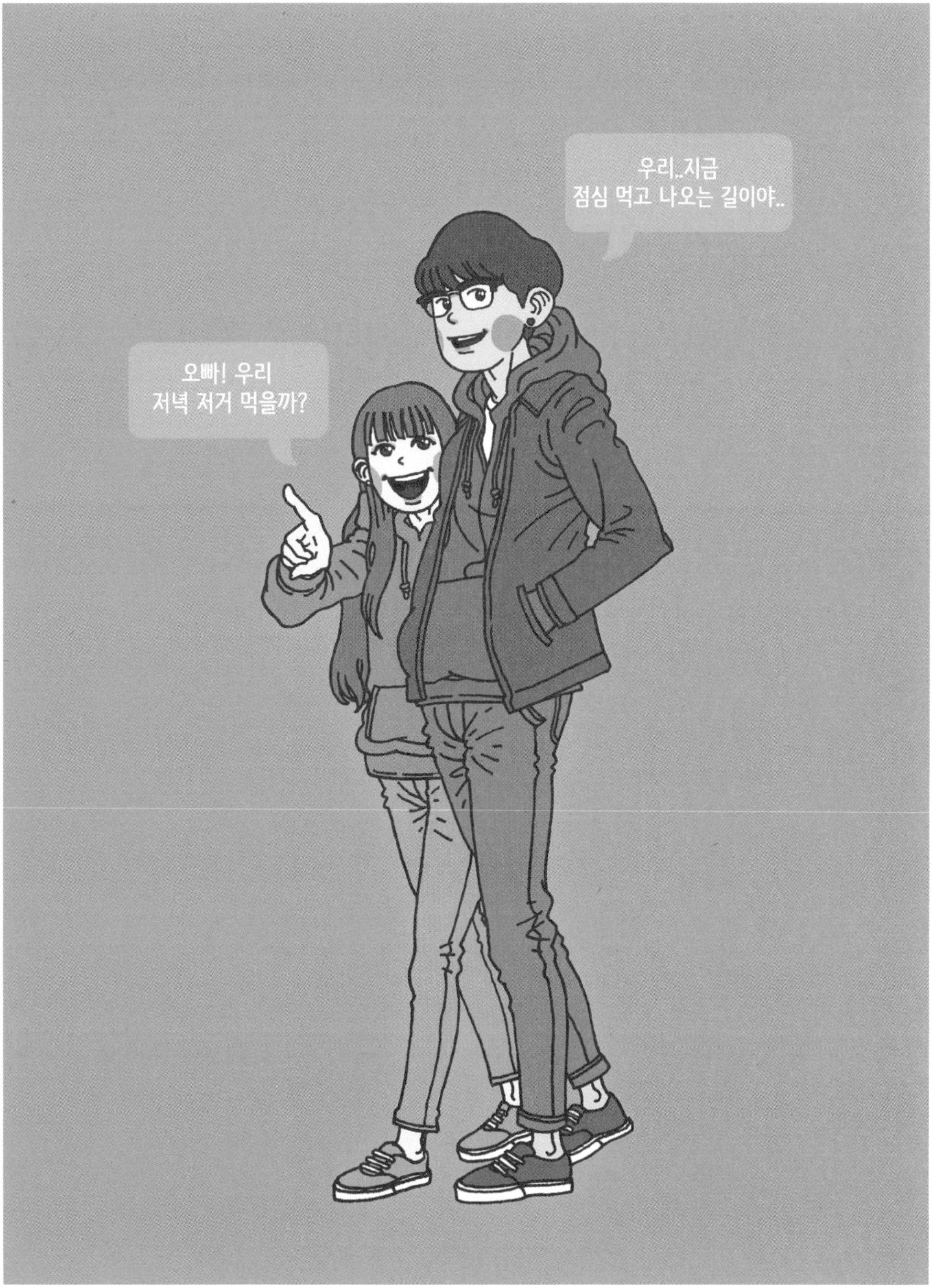
우리..지금
점심 먹고 나오는 길이야..
오빠! 우리
저녁 저거 먹을까?

차 안에서

다리 아파하는 걸 볼 때마다
"아직 차가 없어서 미안해."라고 말하면
차는 함께 사는 거라며
차를 사고 나서
하고 싶은 것을 늘어놓는 당신.

못 가 본 맛집을 가기.
한강에서 라디오 듣기.
추운 날 캔커피 마시기.

언제나 귀여운 말과 소박한 상상으로
주눅 들지 않게 해 줘서
고 마 워 요.

최고의
사치

어질러진 방바닥에 누워
좋아하는 작가의 책을 읽어요.
날씨가 쌀쌀해지면 할 수 있는
최고의 사치예요.

작가가 나열한
문장과 단어들을 따라가다 보면
어느새
조용하고 아무도 없는 카페에 앉아
여유롭게 차를 마실 때처럼
잔잔한 기쁨에 빠져들어요.

오늘은 당신께도
조용한 책을 추천할게요.

잠시
모든 걸 내려놓는 밤
보 내 기 를   바 라 요.

깨끗한
위로

추워지는 계절의 온도를 좋아해요.
추운 계절의 청량감은
아팠던 모든 것을
소독해 주는 느낌이라서요.

말없이
숨을 쉬어 봤어요.

오늘 하루, 속상한 일로
까맣게 타 버린 내 속과는 달리
깨끗하고 하얀 입김을 보면서
위로받아요.

찬바람
불 때

찬바람이 불어서 좋아요.
좋아하는 후드티도,
새로 산 외투도 꺼내 입을 수 있어서요.

사랑하며 잘 살아가는데도
마치 이별한 사람처럼 슬픈 발라드를 들으며
감성에 빠져들 수 있어서 좋아요.

입김이 나올 때
'하~' 하고 어린아이처럼 좋아하는 나는

유난히 찬 당신의 손을 잡는 것만으로
따뜻하게 해 줄 수 있는
이 계절이 참 좋아요.

타임머신 역

오래된 전철역 중
승강장 끝부분이
외부인 곳을 좋아해요.

시간의 흐름을 비껴간 듯
옛 모습 그대로 남은 그런 곳을요.

굳이 끝으로 걸어가 의자에 앉으면
마치 영화 〈시월애〉의 한 장면 속으로
들어간 듯한 느낌이 들 때가 있어요.

모든 게 빠르게 변하는 요즘,

옛날 생각나는 이곳만큼은
오래도록 그대로면 좋겠어요.

주인공

색다른 데이트가 하고 싶을 땐
영화 주인공을 따라 해요.

영화 〈비긴 어게인〉의 주인공들처럼
이어폰 한쪽씩 나눠 끼고 거리로 나섭니다.

우리에게만 들리는 음악 속에서
발걸음 맞춰 같이 걷다 보면
늘 지나던 길이 색다르게 보여요.

별것 아니지만

하루를 특별하게 보내는
우리만의 데이트 방법.

CD
플레이어

오랜만에 꺼내 봤어요.
덩치는 커서 불편하고
지하철이 덜컹거리면
함께 음악이 끊기지만
옛날 생각이 나서 피식 웃게 되네요.

좋아하는 밥집도.
자주 가던 카페도
어느샌가 사라지는 요즘이에요.

CD 플레이어로
함께 듣던 음악처럼
자그마한 추억의 조각들은
사라지지 않기를 소망해 봅니다.

크리스마스

올해 크리스마스는
들뜬 마음으로 보내기보다
차분하게 보내고 싶었어요.

아마
내 마음이 지쳤나 봐요.

그날은 산타 할아버지도
힘들게 선물을 나르기보다
따뜻한 방 안에서 편히 쉬면 좋겠다는
엉뚱한 생각을 했어요.

그러다
같이 보낼 그날을 기다리고 있을
당신이 떠올랐어요.

마냥 쉬고 싶었던 마음이 사라지고
순식간에 설렘으로 가득 차네요.

누워 있던 몸을 일으켜
크리스마스 계획을 세워요.

그날은
            당신이 원하는 거 다 해요.
어디든 데려갈게요.

곱슬머리
같이

어릴 때는 심한 곱슬머리가 싫어
억지로 펴곤 했어요.

한 살 한 살 나이를 먹으며
자연스럽게 풀린 곱슬머리.
이제는 머리카락에 제가 살아온 모습이
담겨 있는 것 같아 좋아졌어요.

곱슬머리처럼 꼬불꼬불 얽혀
힘들기만 했던 문제들이
조금씩 커 가면서 쉬워지고,
빨리 끝내려고 무작정 부딪혔던 일에
여유롭게 기다리는 법도 배웠거든요.

이제는 나와 잘 어울리는
　　　　　　곱슬머리같이
나도 어느덧
자연스럽게 자라는 법을 배우고 있어요.

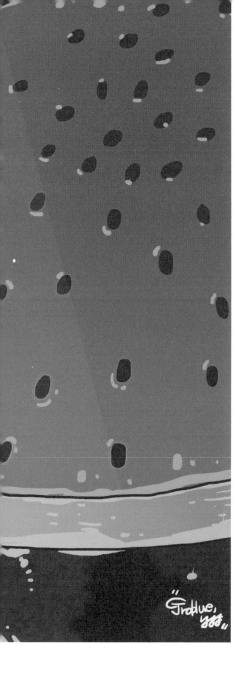

맥도날드와 스타벅스

블라인드 테스트에서
맥도날드 커피가 스타벅스 커피보다
맛있다는 결과가 나왔을 때

엉뚱하게도
두 브랜드의 캐릭터가
사귀는 상상을 했어요.

햄버거 전문가면서
커피 전문가인 여자 친구만큼
커피도 잘 내릴 줄 아는 남자 친구라니.

나도 맛있는 커피
자주 만들어 줄게요.

하루의 끝

웃으며 통화하는 사람.
사랑하는 연인을 만나는 사람.
발그레한 얼굴로 신호를 기다리는 사람.

퇴근길 횡단보도 앞 사람들을 보면
당신이 보고 싶어져요.

오늘은
당신과의 약속이 없기 때문인지
특 히   더   보고 싶네요.

신호가 초록불로 바뀌면
전화를 걸어
데리러 가도 되냐고 물어봐야겠어요.

분명히 어서 오라고 할
당신에게 걸어가며 마무리하는
행복한 하루.

에필로그

'앞으로의 나와 우리에게'

어떤 사람을 보면, 일하는 모습만 보아도 '이 친구도 말 못할 여러 가지 일을 겪었겠구나.' 하는 느낌을 받을 때가 있어요. 아무 말 하지 않았는데 말이에요. 세상에는 그렇게 각자의 자리에서 자신의 이야기를 차곡차곡 만들어 가는 사람들이 많을 거라 생각해요.
그렇게 자기 자리에서 말없이 노력하는 사람들이 공감할 만한 이야기를 그리고, 써내고 싶었어요.

삶이 힘들기 때문일까요. 우리는 힘든 이야기를 외면할 때가 많아요. 여기 적힌 제 이야기는 마냥 달콤하지만은 않아요. 행복하고 달달한 이야기만을 적을 수는 있었겠죠. 하지만 행복만을 그려 내기엔 그 행복이 있기까지의 시간 속에서 느끼고 배운 감정들이 너무 많았어요.
처음 제 이야기를 꺼내는 자리이기에 덜어낸 이야기도 많지만 후회는 없어요. 가끔은 웃는 얼굴 뒤로 그 사람이 어떤 삶을 살아왔는지 보이기도 하니까요.

이 책이 세상에 나와 많은 분이 이 글을 읽고 계실 때면 저는 올해 19년 차 일러스트 작가가 된 저 자신을 축하하고 있을 거예요. '정말이지 너무 힘들었어.'라고 회상할 삼재가 끝난 것을 축하하며, 19년의 무명을 버텨 낸 제 자신을 토닥이면서요. 무명이면 어떤가요. 저는 수많은 꿈 중에 이렇게 책으로 여러분을 만나고 싶다는 꿈 하나를 이루었기에 행복해요.

올해도 기쁘면 웃고, 힘들면 울고, 한강 근처를 뛰거나 혼자 험한 말도 하면서 그렇게 조금씩 나아가려고요. 너무 힘들어서 던져 버린 휴대폰 단말기 할부금을 갚아 나가다 보면 좋아하는 가수 분들은 또 좋은 음악을 만들어 주실 거고, 음악을 듣다 보면 좋아하는 계절이 또 찾아 올 거고. 올해는 작년보다 조금 더 지하철에 내리기 전에 타는 사람도 줄어들 거고. 그렇게 일상 속의 작은 행복들을 야금야금 찾아가며 더 열심히 사랑하며 살려고요.

그리고 그 모든 과정을 그리고 글로 쓰며 기록할 거예요.
다음에 제 이야기를 들려드릴 땐 조금 더 깊은 이야기를 나눌 수 있도록.